진흙이 말하는 것

진흙이 말하는 것

글쓴이 / 안경원
펴낸이 / 孫貞順
펴낸곳 / 모아드림

1판 1쇄 / 2010년 1월 18일

서울 서대문구 북아현3동 1-1278
전화 / 365-8111~2
팩시밀리 / 365-8110
E-mail / morebook@morebook.co.kr
http://www.morebook.co.kr
등록번호 / 제2-2264호(1996.10.24)

ISBN 978-89-5664-131-7

값 7,000원

모아드림 기획시선 123

진흙이 말하는 것

안경원 시집

모아드림

■ 시인의 말

7년 만에 시집을 묶는다. 빠른 속도로 변화하는 세계 속에서 시는 무엇일까?

실존적 고독과 상실, 곤비한 삶에 지친 모습, 폭력에 내던져진 위협과, 무엇보다도 사람과 사람 사이, 사람과 자연과 세계 사이의 막힌 소통이 화두로 끊임없이 이어지는 이 시대를 겪으면서 시는 감성과 이성과 영성을 총체적으로 가동해 앞서서 진단하고 반응하고 예견하고 길을 밝히고 길이 되기도 하는 역할을 얼마나 할 수 있을까? 아마도 그중의 하나쯤을 하겠노라고, 그렇게 해서 막힌 가슴을 쏟아내고 고갈되어 가는 뭇 생명을 소생시킬 수 있다면 시가 살아있는 것이라고 말하고 싶다.

세계가 변화하는 속도를 시인의 인식이 따라잡지 못한다 해도 속에 박힌 의미를 깨달아가는 길은 늘 비슷한 속도로 충격으로 도달하고 잡고 다시 놓아버리고 퍼뜨리면서 가는 길이다. 시를 읽으며 잔잔한 호수에 돌을 던지는 즐거움을 경험하고 싶어 하는 이들에게 이 시들을 바친다.

2009년 겨울

안 경 원

차 례

2부

3부

4부

1부

저녁 산책

조금 남아있는 빛 속에
저녁 나무들은 잠잠하다
숲이 깊은 어디쯤엔가
이미 밀려와 있는 어둠
철책을 넘고 아카시아 가시를 덮으며
천천히 번져온다
초록에 어둠을 섞어
가슴을 쓸어내리는 나무들
저무는 하늘 빛 깊숙이 들이 마시며
몸이 어두워진다, 지워진다
조금 남아있는 것은 또 무엇일까?
밥 끓는 냄새도 생선 굽는 냄새도 나지 않는
적막과 일탈의 짧은 시간
비출 빛 없어 발자국 지워지고
하얀 개망초 꽃들 흐르는 어둠에 점점이 떠있다
나무들 사이로 몸을 지우며
숲을 나선다
밤은 숲도 덮고 거리도 덮는다

생각을 버리고

하늘은 멀리 보이고
땅은 낮아 보이고
인간은 하찮아 보이고
쓰레기 컨테이너는 가득 넘치고
배꽃은 하얗게 울다 웃다하고
까치는 동그란 눈으로 천지를 두리번거린다
며칠에 한 번씩 비 내려
가지 뻗는 나무들은 몸속이 시원하겠다
적재량을 초과한 인간들의
충혈된 신경망을
푸르름 짙어가는 나무에 걸어 놓고
비에 흠뻑 씻어 내면 좋으련만
인간 없는 풍경은 쓸쓸하고
인간 있는 풍경은 찢겨져 있다
생각을 버리고
비에 젖는 산과 나무를
바라본다
물안개 속으로 나를 놓친다

저녁 해

한국경제와 춘천옥 불가마사이로
인터체인지 너머 둥글고 붉은 것은 필시 해다
넘실넘실 말갛고 붉은 해가
저무는 도시를 물끄러미 바라본다
그리 뜨거울 것 같지도 않고
가서 쉴 곳이 있어보이지도 않는데
조금씩 내려 앉으며
네모난 건물들에 가려지며
티 없이 고운 빛이 온 하늘을 적신다
슬며시 감격적이다
삼키고 싶다, 나도 그렇게 될 것 같다
덕지덕지 붙은 것들 저 빛이면
훠훠 녹이고 쳐 낼 것 같다
점점 더 커지는 해를 쳐다보며
달린다. 길의 어둠의 소실점을 향해
나는 낙하하는 것인가 소멸하는 것인가
차들은 붉은 색 미등을 저마다 켜고

지평선 저 끝으로 더 끝으로
절벽을 타고 폭포를 내려
흘러간다. 지워져간다
해는 사라지고 해는 잊혀지고
불가마 같은 세상 안에선
밤이 차오르고 있다

부족한 삶

모자라는 것들 속으로
너의 사랑이 들어온다
모자라서 휘청거리는 다리는
곧게 뻗은 길과 길을
한 뼘씩 탄식하며 가겠지만
저 끝의 맞은편에서
그 만큼씩 다가오는 너는
모자라는 만큼 채우며 온다
살아 갈수록 모자라는 것이 보여
전성기도 지나 더 바랄 것이 없는데
야트막한 언덕을 뒤로 한 채
풀숲을 걸으며
풀꽃 만해진 것 살아가는 자를 보겠네
모자라서 너를 사랑하고
채울 수 없어 끝없이 모자라는데
나무들 사이사이 파랗고 깊은 하늘이
빈 데 없이 채워져 있다

샤갈의 마을에서

비누방울 퐁퐁 날리면
햇빛에 영롱해지는 순간순간을
기억의 어디쯤엔가 쌓아 가면
무엇이 남을까 무엇이 될까
아는 것이 없다
수십 년 한평생의 굽이굽이를 걸어가고
시간은 강물이 되어 흐른다지만
물살은 나를 어떻게 싣고 가는가
선 채로 뗏목에 올려 놓는가
흐름을 타고 헤엄쳐 가게 하는가
녹여서 물로 만들어 끌고 가는가
웅크리고 잠잘 때도 시간의 물살은 흘러가서
기억도 없이 낡아가는 것을
누군들 거부하겠는가
강바닥을 훑으며
발자국을 쌓아 놓으며 흘러갈 때
간혹 비누방울 퐁퐁 날려서

동글동글 하늘로 날려 보내는
외딴 시간들은
투명한 흔적을 꾹꾹 찍으며
기억의 어디쯤엔가
처음 들어보는 새의 노래로 남아있다
비누방울 속에 들어앉아 빙글빙글 날아다닌다면
비테프스크* 마을 하늘을 떠 다니는 연인들처럼
한없는 가벼움에 겨워
푸르스름 어둠 벗어나는 새벽 하늘을 날아다닌다면
흐르는 강물 속 물고기도 푸드득 날아오르겠지?

* 비테프스크 : 샤갈이 태어난 러시아의 마을로서 그의 그림에 고향 마을로 자주 등장한다.

새들아 말해보아라

나무와 나무사이로 빠르게 날아가는
새들아, 내게 말해보아라
차가운 공기를 쪼개며
전령처럼 달려오는 햇살은
십일월 아침 숲을 깨우며
무엇을 말하던가
오늘 지구는 평화롭다고 하던가
혹은 총성과 포연이 뒤덮을 것이라고 하던가
이 도시의 어느 곳에서 누군가 죽고
몇 명의 아이가 태어날 것이라고 하던가
마음은 언제 평화로왔던가
어제 내린 비로 낙엽은
헐벗은 나무들 아래 찬 땅을 덮고
갈색과 붉은 색은 무리지어 껴안아
서로의 배후가 되어주고 있다
마음이 잠시 평화롭다
무성함의 끝에서 만나게 되는

뜻밖의 부유함인가
나무들 벗을수록 사람들 심정은 깊어지는 때
다시 평화로와질까?
지구의 구석구석에서 낮과 밤을 따라
평화롭지 못하다고 소리친다
빈 가지들 굽어보며 날아가는 새들아
말해보아라
언덕너머에서 눈부신 해는
빛 속에 숲을 통째로 띄워 놓는다
너희들이 들은 것을 말해보아라
아마도 온 세계 사람들이 바삐 오가며
온 세계에 휴식이 사라질 것이라고 하던가

꽃시장에서

가지런히 잘린 채
생애 최고의 순간을 피워 낸
장미야 백합아 프리지아야 국화야
이 추운 날에 속도 모르고 피어난
너희의 욕망은 너희 속에 고여 있다가
누군가의 기쁨이나 슬픔에
맞춰지는거니?
아직 덜 벌어진 봉오리와 더 짙어질 향기를
프리미엄으로 오늘 해지기전에 팔려가야지?
너희의 뿌리에 대해 묻고 싶지는 않다
몸에서 가장 소중하고 아름다운 부분을
싹둑싹둑 끊어내고도
양분과 물을 또 끌어올리고 있을까?
너희들은 모르지
시장에서 생애 최고의 순간을 피워내고 있는
너희들의 순하디 순한 붉은 꽃잎 노란 꽃잎에
인간이 매기는 너희들의 값을.

훈훈한 건물 안에 뭉실대는 꽃의 향기에
며칠간 유예된 생명이 눈부실 뿐
죽음의 기미가 없다
잘려야 시장에 들어오는데
죽음은 무슨 죽음!

고온 다습

오늘도 소나기 한두 차례 쏟아지고
물기 먹은 햇빛이
잠깐씩 빛나더니
내내 고온 다습합니다
내 몸이 축축하고
식빵도 널어놓은 빨래도
벽도 벽지도 축축합니다
콘크리트도 그리 무심하지 않은지
천지에 그득한 물기가
구름의 방파제를 뚫지 못하여
닿는 곳마다 스며드는 것을
거절하지 않습니다
벽이 눅눅해지면 세상이 달라지겠습니까?
해마다 더해가는 고온 다습을
글로벌 경쟁시대의 고온 다습을
벽으로 감지합니다
벽은 이제 물기를 머금고

물먹는 하마가 될지도 모릅니다
벽이 빨아들인 것은
물과 또 무엇일까요?
며칠 땡볕 쏟아지면
벽을 널어 말려야겠습니다

2프로에 대하여

사과가 속속들이 달기위해
단맛을 끌어 모을 때
떡시루 속 백설기가
마지막 뜸 들이느라 진땀을 흘릴 때
고치를 트고 나오는 흰나비가
처음 날개를 펼 때
저녁 해가 금빛 바다에
화라락 빠질 때
햄릿이 파국을 향해
숨 가쁘게 달려갈 때
한 줌 육신 속 붉은 심장이
마지막 북소리를 울릴 때
그때야 채워지는 것
98프로를 그냥 둘 수 없게 하는
무한 갈망 들끓는 인간 조건
자본주의가 파고 들어가는
기나긴 꿈의 갱도

항아리의 고독

항아리 속에 가득 찬 것은 고독이죠
찬 샘물 같든가 독한 술 같든가
허공 같기도 합니다
고독보다 나은 것은 그리움이고
그리움보다 나은 것은 만남이고
만남보다 나은 것은 서로 품음이고
그보다 나은 것은 침묵이라면
아니라하겠습니까?
말로 다 할 수 있는 것은 없어서
다시 고독으로 돌아가고
항아리는 동굴만해지고 그랜드캐년만해지고
우주만해진답니다
그렇다 해도
항아리 밖으로 짧은 팔을 뻗어
손을 흔들다 가는 것은
즐거운 일이죠

나중에 아는 것

모순에서 섬광을
모순에서 붉은 꽃을
모순에서 우주의 노래를 받아 들고
열광하는 짧은 기간
뜨거운 모래 바람은 잡을 수 없지
지나가면
모순을 쪼개어 가지런히 늘어놓고
따뜻한 불빛이기를
온화한 감동이기를 원한다며
묻고 또 묻는다
사랑이 이런거냐고
완두콩만한 열매 또록또록 열리는
작은 방의 노래 부르게 될거냐고

노인과 꽃

진달래 산수유 더러 핀 산을 내려와
상사화 이야기하는 노인들
산과 그들은 친밀하다
그러나 꽃은 모른다
사람들이 꽃을 사고 꽃으로 마음을 전하고
꽃 이야기를 그토록 많이 하는지
꽃을 안으며 꽃 속으로 들어가는지도
꽃은 처절하게 피고 주체할 수 없이 피고
붉은 심장 박동으로 피기도 하고
팝콘 튀듯 슬픔을 터뜨려 피기도 한다지만
모두 사람의 이야기다
꽃은 필 수 밖에 없어 피는 것이려니
새 봄에 노인들 꽃을 보는 마음이 각별하다

일중독

그는 여전히 하이웨이를 달린다
EXIT를 몇 번 지났을까
EXIT 7 EXIT 8을 지나쳐
뜨거운 볕은 길을 젤리처럼 녹인다
어디에선가 빠져나가야 하는데
아닌 것 같고 다시 아닌 것 같아
질주하는 동안 길은 끝없는 길일 테지
다음 EXIT로 나가면
사람 사는 마을도 있고 슈퍼마켓도 있고
로타리를 돌아 삶이 한바탕 펼쳐질 테지
(나가야 할까? 나가야겠지!)
EXIT는 속도를 줄이고 나가는 출구
살 만한 곳으로, 이탈해야 갈 테니
하이웨이는 하이웨이를 타고
질주는 질주를 싣고 간다
저 남단에 이르기 전
마지막 EXIT 그리로 가면

올록볼록한 길이 있고 놓친 사랑이 있고
깊은 우물과 두레박도 있다는데

분수가 있는 풍경

분수는 직선과 포물선을 그리며
물보라 날리는데
뒷산 잣나무엔 잣송이 영글고
감나무 가지마다 감들이 다정하다
분수는 높이 치솟아
정점에서 낙하하기를
무념무상으로 반복하여
아이들과 어른들은 하염없이 바라본다
단풍들기 시작하는 덩치 큰 벚나무
물이 부서지는 동안
한 잎 한 잎 더 물들며
무념무상으로 사람들을 바라본다
무리 져 다니는 비둘기를 바라본다
발 없는 진회색 한 마리 절뚝거리며
먹이 찾아다니는 것 보곤
가지 채 붉어지는 것 같다
분수는 어느 덧 마주 포물선을 그리며

가닥가닥 껴안으며 겹쳐지며 떨어지기를
반복한다, 하염없이, 사무쳐서
가을이 깊어지는 것을 아는가보다

진흙이 말하는 것

찬 비 내리는 겨울 끝 무렵
지난 가을 낙엽들은 울음도 향기도 없이
질척거리는 흙에 뒤섞여 있다
지난 가을은 얼마나 멀리 갔는가?
산에서 베어낸 나무는 층계가 되었다
나무의 시간과 돌의 시간과
낙엽의 시간을 밟는다
흙에 비에 범벅으로 섞여
사람의 발은 가려낼 수 없지만
뒤섞여 얼었다가
뒤섞여 녹으며
질척하게 돌을 껴안은 흙은
풀뿌리와 풀씨도 보듬고 있다
시간이 바람으로 체감되는 때
시간도 바람도
진흙이 미끄러운 발걸음 같아라

2부

시 한 편 못 쓰고

시 한 편 못 쓰고 봄날이 간다
철쭉이 산을 뒤덮고
모란이 화염 같은 때
차고 넘치도록 존재하는
꽃들과 내뿜는 꽃향기
봄의 한 가운데를 지나간다

시 한 편 안 쓰고 봄날이 간다
바라만 봐도
내게로 오는 봄을
보내지 않아도 가는 봄을
시에 담을 수 없을 테니

봄밤

봄은 밤이 오기를 기다려
라일락 뿌리에 어둠을 한 동이 붓더니만
밤의 장막 뒤에서
보랏빛 작은 꽃잎을
새록새록 열고 있다
누군가 한 평생을 끝내고 돌아가는가
그곳을 지나가며 세상 바람이 따뜻하다고 한다
봄은 밤이 오기를 기다려
봄밤이 된다
누군가 처음 만나 설레는 사람들은
밤이 감미롭다고 한다
누군가 헤어지는 사람들은
라일락 꽃송이 같은 눈물로
밤을 가만가만 흔들고 있다

이른 봄, 즐거운 일

언 땅 녹아 말랑해진 흙을
까치가 밟고 가고
아직 차가운 바람이 밟고 가고
잣나무 바늘잎들의 그림자도 밟고 가네
굳은 살 박힌 사람의 발도
밟으면 받아 주는 흙이
숨쉬는 살같이 살갑네
꽃샘 추위 몇번 더 지나가면
다람쥐도 나와 밟고
겨울 난 개미도 밟고 가고
발바닥이 말랑한 세 살 박이 아이도
다리 아프다며 밟고 가겠지

다시 봄이 온 날

하루의 기쁨

열은 남보라빛 봄날 하늘
나무들 높다란 우듬지의 은빛 반사
하염없이 바라본다
눈에 담고 마음에 담고 시에 담으니
오늘 하루의 기쁨은 꽉 찼다
날개가 회색인 작디작은 박새들 노래
아직 바람 찬 숲이 파릉파릉 화답한다
그곳에도 오늘 하루의 기쁨이 꽉 찼다

장미꽃 지다

다시 꽃잎 한 장 떨어진다

여기서 기차를 갈아타야 한다

떨어진 붉은 꽃잎이 외친다

나는 당신의 운명이 아니라고

기차는 터널을 지나고 벌판을 지난다

사람들 몇이 내리고 몇이 올라탄다

다시 꽃잎 한 둘 떨어진다

방금 헤어진 사람들의 차가운 이마 위로

돌아서는 어깨 위로

서로가 잊혀지는 동안

기차는 밤내 달린다, 지구의 중력을 타고

벗어날 수 없이 운명적으로

꽃잎들 산산이 흩어지고

진붉은 향기 꽃잎을 떠나고

먼 데 밤하늘 별들이 돌아눕고

장미 가시는 더욱 뾰족해지건만

모 란

사랑 하나 끝난 다음
눈물도 탄식도 흙에 묻고
오월 푸른 빛에 번져 가는
너의 진붉은 향기에
거친 들판 저 끝을 넘어가는
바람도 돌아오리라
죽음을 지나야 사랑도 깊어지는 법
불길 속에서 짙은 어둠 속에서
처음인 듯 태어난
말없이 강력한 진붉은 심장
꽃이어서 바라만 볼 뿐이네

목 련

알전구 속 같은 사월의 빛에
목련이 눈부십니다
조금 더 열어 놓으면 아니랍니다
지난 겨울부터 채비해서
오늘 햇빛 밝은 봄날
꽃봉오리 속마다 향긋한 시간
숨 죽이고 고여 있습니다
행여 흐를세라 보는 눈에도
생애의 한 점이 찰랑찰랑 넘칩니다

상 응

논물에 비치는 하늘은 녹색
여린 모들이 하늘에서 자란다
멀리 둘러 친 산들은
무한 공간을 숨 쉬는 푸른 아가미
숲 속 찔레 꽃 향기에
개미들은 어지럽다

여름 숲 1

소나기 지나간 후
계곡엔 쏟아지는 여름 물살
물가 나뭇잎 하나
푸른 실핏줄만 남았다
아홉 마리 무당벌레 모여 앉아
배고픈 식사를 했겠지
나뭇잎은 싫지도 않은지
바람결에 사알랑 흔들리고
동그라미 점 점 살아 숨쉬는
잠시 동안의 세공 한 점
눈부신 햇빛 스포트라이트

여름 숲 2

숲 속에 철봉대 셋
오가는 사람들
몸을 걸며 안간 힘을 쓴다
눈이 동그란 까치 한 마리
키 높은 철봉대에 무심히 앉아있다
매끄러운 자태
팽팽한 발목
철봉대를 타고 흐르는
유선형 집중력
까치 날아가자 가벼워지는
철봉대 금속성

세상의 평화

낙엽 수북한 곳을 저벅저벅 밟고 가는
장끼와 까투리 커플
두리번 두리번 먹이 찾으며
빈 산에 다정하다
가을 깊어 가니
겨울 날 걱정을 하고 있을까?
고요한 산에 비쳐드는 햇빛
낙엽 더미에 도토리 떨어지는 소리
푸드득 짧은 날갯짓
저 멀리 지구 밖에선
그냥 가을 산으로 보이련만

드라마틱하게

지난 밤 비바람에
물박달나무도 전나무도
가지 뚝뚝 떨어뜨렸다
어지러운 낙엽 밟으며
내달리는 파도 소리 듣는다
가슴 바닥을 훑고 등판을 스쳐가는 바람
얼마만인가
떡갈나무는 다 벗었고
진눈깨비는 산을 더 적셔야겠나보다
단풍 붉은 빛은
오늘 밤이 절정이겠다

우면산, 겨울

설피설피 눈 덮인 능선, 나무 나무들
곧은 줄기와 굽은 가지들
나르는 선과 선의 얽힘
곡선으로 내 뻗은 팔의
춤사위 타고 흐르는 파동
벗어서 비어 있어서 뜨겁구나
하늘 가까이 우듬지 끝에 박동 소리
숲을 흔들다 하강하는 바람결에
박새 떼 빠르르 흩어지는
작은 기교음들
차가운 고요를 뚫는다

오래된 무덤

약수터 오르는 길목에
오래된 무덤 둘이 있어
봄이면 민들레 둘러 피고
겨울이면 눈 덮이더니
어느 날, 이장하고 나서
평평하게 흙 고르고
자그마한 밭 둔덕에
열무랑 고추랑 자라기 시작하더라
주검 품고 해와 비 마시던 흙에
생명의 호흡 그리도 길게 고여 있을 줄이야

산수유 나무

사백 살 넘은 산수유 나무
거뭇거뭇 거칠어진 몸통을 덮은
노오란 꽃들 별무리 져
햇빛 비칠수록 살아나 빛나는
꽃그늘 아래서
노오란 꽃의 통로를 타고
꽃에서 가지로 줄기로 헤매고 들어가면
검은 터널 속을 울리는
저녁 새의 노래
밤 깊이 가라앉은 바람을 흔든다
나무는 기억할까?
오고 가는 빛과 어둠을
숲에서 벌어지는 먹이 사슬과
천둥 번개와 폭우에 숨어들던 새들
처음 뿌리 내리던 때를
그리고 알고 있을까?
지금 어디에선가 용솟음쳐

꽃을 피우는
몸통 속의 오래된 샘을
채우고 비우고 채우고 비우면서
모르는 사이 온통 꽃을 뿜어낸다는 것을

수수꽃다리의 메시지

수수꽃다리 라일락에게 말을 건넨다
" 나는 너를 좋아해
 사랑해, 너 없이는 살 수 없어 "
수수꽃다리 라일락이 나를 바라본다
" 너는 누구니?
 나는 너를 모르는데 나를 사랑한다고? "
살랑살랑 작은 꽃송이 흔들어
꽃향기는 마음을 뒤흔들어 놓는다
수수꽃다리 라일락이 봄 하늘을 취하게 하는데
밥 한 그릇 국 한 사발 준 적이 없으면서
좋아하느니 사랑하느니 말 할 수 없지만
세상 어디에 그런 말 할 데가 없으니
마음은 가끔 광야더라만
나무 가득한 보랏빛 향기에
햇살 쏟아져 내리는
그런 친화를 모른 척 할 수 없어
수수꽃다리 라일락 꽃송이에

마음 한 가닥 던져 넣는데
" 며칠 후 나는 시들어버릴거야
마음을 빼앗기지 말아 " 거절한다
" 그런 줄 알지,
사람이 사랑하는 것은 무엇이든지 사라진다네
봄마다 너를 꽃피우는 사랑만 남고 또 남는다네 "

3부

즐거운 소통

호접란 요염한 꽃들 진 후에
동글 납작한 잎사귀들만 남아
화분에 비좁게 살던 것을
한 뿌리씩 따로 떼어 옮겨 놓고
물주고 씻어주고 말 건네주니
남은 양분은 아직 넉넉한지
푸릇푸릇 새 잎에 새 뿌리 돋고
꽃 대궁까지 벋어나온다
물 머금어 통통해진 뿌리가
바라보는 마음을 푸릇푸릇 물들인다

문상 가서

친구들 아버지 한분 한분 세상 떠나신다
격랑의 시대 몸으로 뚫고 나가시며
거칠어진 손과 굽은 등
쇠가죽보다 질겨진 근육
언제부터인가, 아버지가 약해지신 것은
가족들은 사랑과 미움을
범벅으로 나눠 먹으며
약점 투성이 아버지가 먹여주는 밥으로
살아 온 세월, 잊을 수 있는가
가부장 아버지가 전제 군주라며
아버지를 처단하자고 외치더니
아버지가 무능해지고 힘 빠지고 병들자
아들이 아버지가 되어
고단함을 깨달을 때
아버지는 안 계신다
영정 사진 속에서 바라보시는 아버지들
달라진 세상에서

달라진 아들들의 삶을
잘됐다 하실런지
거친 사랑의 패인 자국만 남겨 놓은 세월
역사책에는 없는 흔적이다

아버지 안 죽이기

아버지 가부장은
폭군이고 전제 군주이고
여성 학대자이고 진보에 장애이고
의사소통을 막는 악순환의 진원지여서
아버지를 비판하고 부수고
추방하고 끝내 죽여야 한다고
이십세기 해체주의는 외쳤는데
아버지가 생애의 가시이며
끝없는 상처와 굴욕의 제공자였던
가족들이 끝내 아버지를 못 죽이고
그 아버지는 돌아가셨는데
모여 앉아 회상하는 그 아버지는
그의 비애와 고통과 허무까지
이해 받고 용서 받고 측은지심도 받아
괴로운 기억의 갈피에서 편안히 누워계신다
그도 한 세상을 건너갔으니
무엇을 더 탓하랴

아버지를 죽이려 말고
돌 같은 마음을 녹여 주고 그의 상처도 싸매줘서
가족의 한 사람이 되게 할 걸
지팡이 휘두르는 고독과 분노를 증오만 했구나

까치들의 저녁

겨울 날 저녁 까치들이 떼지어
나뭇가지를 점령한다
눈발마저 날리는데
일 마치고 돌아가는 신축 아파트 공사장 사람들을
가지마다 웅크리고 앉은
까치들이 쳐다본다
사람이나 까치나
어둑한 세상을 홀로 가기는 두렵다
새로 지은 아파트 건물은
어느덧 창문도 달아 넣었다
서로를 진정 알 수 없다해도
모여 살아야하는 것은 알고 있다
종일 헤매고 다니다가
해는 지고 나무들 오라 부를 때
눈발 가릴 곳은 못되어도
여럿이 모여 깃을 치는
까치들의 작은 몸뚱이들은

추운 밤 동안 깊은 고독을 뭉쳐 안고
사람의 밤과는 다른 밤을 지나간다

갇힌 날들 풀린 날들

몇날 며칠은 구름 포실하니 햇살 보드랍고
몇날 며칠은 슬픔에 녹아버려
그 슬픔 걷어내느라
맨발로 강물 건너고
몇날 며칠은 살아 온 날들 꺼내어
하얗게 빨아 널고 싶었고
몇날 며칠은 하루가 힘겨워
수평선 너머 너울너울 날아가는
그날을 그려보기도 했다
살수록 옭아매는 것들
안에서 밖으로 밖에서 안으로
촘촘히 누빈 거미줄 같은 것
통째로 벗어버리리라
독한 마음을 품기도 했지만
바람결에도 푸른 나무 그늘에도
나를 놓아주는 것은 없더라
짙은 눈썹 뽑아 초승달에게 주고

들끓는 심장 떼어 저녁 노을에게 주면서
한 꺼풀씩 벗기고 벗겨 가벼워지는 것이더라
가지 휘어져 강물 닿은 곳에
닳아 펑펑해진 발 담그고
바라보니 보인다
엎드렸다 젖혔다
그렇다 아니다 하며
비워졌다 채워졌다 하는 호리병
갇힌 시간이 누른 것
풀린 시간이 빚은 것들

마음에 장작불을

누구에게나
평생 채워지지 않는 것이 있다
다른 것으로 메꾸고 쌓아도
가슴 밑바닥에서 아니라고 외쳐대는
그런 것이 생애를 내내 허전하게 한다면
그것이 겨울 달빛이 되어
그를 곤히 잠들 수 없게 한다면
평생 출렁이는 쓸쓸함으로
마음에 장작불을 지피지 않을까
그 결에 누군가의 가슴 밑바닥도
그런대로 지낼만하다 하지 않을까

겨울 오후에 일어난 일

무늬 없는 하얀 접시에 말을 담아 건네자
그 여자는 대접에 쏟아 넣고
한 숟갈씩 떠 먹는다
그 남자는 과일 무늬 화려한
사각 접시에 담고 도르르 굴려 본다
검은 접시에 담아 내게 건네 준 말을
유리컵에 쏟아 붓고 마셔본다
말은 자주 뜻 밖으로 나가
가닥가닥 얽힌 회로에선
핏방울 같은 열매가 돋아나기도 한다

가로수 가지치기 공사가 연일 계속된다
겨울 나무는 작은 가지마저 당당하건만
전기톱에 쓱쓱 잘리고 나니
몸통과 굵은 가지만 남았다
생존에는 충분하다
해와 비와 바람에

잎사귀 돋아나며 떠들썩하겠지

겨울 오후 커피숍 안
두 노인 말없이 앉아
차를 마신다
말은 갇히지도 굳어지지도 않았네
향긋한 찻잔 속에서
모락모락 향기로 오를 뿐

다이아몬드 새

— 티파니 보석전에서 쟌 슐럼버제가 디자인한 바위위에 앉은 새를 보고

머리에 황금관을 쓰고 어깨 장식을 한
손가락만한 다이아몬드 새의 이름은
세상에 없는 새다
울음 소리는 진열장에 갇혀 있으나
발을 딛고 선 128캐럿 다이아몬드만큼
그 소리 맑고 단단할 것이니
들리는 이에겐 한없이 이어지리라
마음 속에 저런 돌 하나 품고 있다면
저런 새 한 마리 보듬고 있다면
말 한마디 눈물 한 방울
허비할 수 없겠네
흙 속에서 건져 갈고 닦은 손길로 태어난
작은 새 한 마리
예이츠가 비잔티움에서 예찬한
황금 가지 위 황금 새 보다도
당찬 노래로 세상을 깨울듯하여
벚꽃 만발한 봄 밤에
반짝이는 날개 펴는 소리 기다려진다

냉동 떡

까만 깨 곱게 갈아
하얗고 말랑한 속을 덮어
차디차게 얼려 놓은 동안
그대로 잊혀질거라 했는데
식탁 위에 누워 잠시 몸 녹이더니
다시 속은 말랑해지고
얼었던 기억 풀려나니
무엇을 잊었었나
무엇이 사라질거라 했나
숨 죽여 울던 일일까
헤어지며 바라보던 겨울 달일까
영하 20도 냉동 방은
적막한 피난처, 아니 저장소
그러기도 그만하려면
한 세기쯤 건너 가
한 생애를 벗어 던지기나 해야겠지
냉동 냉동 흘러내려가

봄볕 따사로운 날 하얗고 말랑한 그 무엇으로
누군가의 속이 되어야겠지

누드 크로키

옷 속에 숨은 몸은
한 세상을 힐끗힐끗 보면서
슬쩍슬쩍 보여주지만
옷을 버린 몸은
한 세상을 조롱하며 빈정대며
가릴 곳 없이 당당하다
몸으로 긋는 벽과 문
빛의 흡수와 반사
숨 쉬는 메타포와 안에서 내미는 상징
빠른 손길에 잡히지 말거라

새벽녘에 폭우

밤새 폭우 쏟아져
도시가 쓸려나갈 기세다
홈통을 폭포처럼 떨어져 내리는
새벽녘의 비는 긴박하기까지 하다
몰려오는 비구름은 대륙을 흘러
바다를 건너 국경을 넘어 와
깊은 밤에 물 폭탄을 쏟아 붓고야
막힌 속을 풀려는지
그런 것을 교류라고 하나 유통이라고 하나
구름이야 다른 뜻이 없을 테니
자연의 순리라고 해야 하나
그렇다, 밀려오고 떠밀려 가는 것 때문에
길 잃은 사람과 가족과 나라가
유목민의 시대라고
그래야 살아남는다고
국경을 넘어 보따리 짊어지고
흘러 다니는 시대가 되었노라고 하니

폭우에 뿌리 뽑혀 쓰러진 나무처럼
정신 잃은 시대라고 할 수 밖에
장대비 쏟아지는 새벽, 마음은 가라앉는다
나의 적은 무엇인가? 내 나라의 적은 무엇인가?
정신을 잃은 황금만능인가, 다국적 기업인가
온통 시장이 된 세상인가, 강대국인가, 세계화인가
소비에 중독된 영혼인가, 영혼이 빠져 나간 몸뚱이들인가
그러나 적이 없어진 것이 더 가엾다
시장에 가면 흥정이 있고 이윤을 다투는 전쟁이 있을 뿐
거센 비바람이 제 속을 풀고 가도
보따리 싸들고 나귀에 싣고 또 흘러가면 된다고 하네

가난한 삶

강원도 태백에서 예수원을
세우고 지키다 간 대천덕 신부는
마음이 가난한 자라야
천국을 얻을 수 있다는
예수의 말씀 그대로 살았는데
요즈음 세상에 그를 존경한다면
어떤 심정으로 그럴까
돈으로 할 수 있는 것이 점점 많아지는
이 시대에 가장 어려운 일이며
거의 불가능한 것이기 때문일까
경제 세상이 되기 전에나 품었던
잃어버린 순수를 아득히 추억하며
착잡한 두 마음으로 그리워하는 걸까?
돈으로 사려고 할수록 높디높은 절벽이요
적당히 이룰 수 없는 것이라서
그를 따를 수는 없어도
그런 게 있긴 있다네

아예 다른 천국을 사들여
천국이 너무 많은 요즈음 세상에
고리타분한 유물일까? 손톱 밑에 박힌 가시 같은 것일까?
언젠가는 이루어야 할 인류의 꿈일까?

시 쓰는 날

시가 될 만한 생각들을 접어 두고
한 바탕 이불 빨래를 한다
화장실 청소를 하고
거실과 방을 닦고
김치찌개 끓여 점심상을 차리고
설거지 해 놓고 앉아
차 한 잔을 마시는 오후
빨래 줄에 널려 바람 쏘이는 이불은
덮으면 보송보송한 시요
깨끗해진 세면대는
세수하면 머리를 맑게 하는 시요
바닥을 닦아 더러워진 걸레는
닦으면 발바닥을 즐겁게 하는 시요
소박한 점심상은
허기진 육신을 채워 일으키는
힘 있는 시더라
찻잔에 담긴 녹차 한잔

단 맛 없어 주제넘은 위로도 안 하니
말 많은 시 몇 편 접길 잘했다

마음 밭

백일홍 코스모스는 열 살 때 심은 것이고
사과나무는 스무 살 쯤 심은 것이고
가시 만발한 탱자나무는 서른 전에 심은 것이고
담쟁이는 서서히 마흔을 바라볼 때 심은 것이고
외국종이라는 잎사귀 너울너울 춤추는
종려나무도 보기 좋다고 심었다네
그 이후엔 소나무도 한 그루 심어놓고
그곳에 깃을 치는 학도 한 마리 키우니
꽃도 잎도 피고 지고 과실도 열리면서
바람 차고 눈보라 칠 때 숨어들 곳도
땡볕에 타 들어갈 때 쉴 그늘도 만들어주지만
뿌리도 뒤 엉키고 가시도 거칠어지니
거름도 주고 흙도 갈아주고
뿌리도 다듬어야겠네

적막도 하나

사과 속에 사과 씨로 들어 앉아 보면
사과를 알게 될까
호도 껍질에 작은 구멍을 내고
한 줄기 가느다란 빛으로 들어가 보면
호도를 알게 될까
수십 층 치솟은 아파트의 어느 집
유리 한 조각을 뜯고 들어가
며칠 간 벽에 붙어 있으면
그 집에 대해 알게 될까
붉은 장미의 은은한 향기가 되어
장미 가시를 맴돌고 감싸면
장미의 속을 열어 보게 될까
첩첩 산중 보다 더 첩첩인
사람의 속을 알 수 없어 적막하구나
바람이나 구름이 되어야 흔들어보고 굽어보고 하련만
그 보다 더 적막하기는
나도 내 속으로 들어가기가 쉽지 않은 거다

뚫고 들어가기도 무너뜨리기도 수월찮고
내 속에 사과 씨처럼 들어앉기도 그렇고
보자기에 싸놓은 내 곁에서 살아가는 것이
강 하나를 끼고 있는 것 같아
깊은 밤 불빛 아래서나 그 강물 몰아내고
잊었던 그대 얼싸 안으려나
아니다, 보자기를 찢고 강물에 나를 풀어
흘러가며 스며들고 물새 떼 더불어 바다에 이르면
작은 섬 적막도 하나
남실남실 젖는 모양
저녁 바다에 또렷하다

어둠의 음향

감미로운 음악도 마다하고
향기 좋은 오후의 차도 마다하고
마음을 다독이는 인사도 거절하고
저 멀리 지평선 밖으로 향한다
모른 척 한 눈물과 적막이
늘 돌아가 침묵의 강을 깊게 한 곳에서
가슴을 두드리는 어둠의 음향
달리는 말발굽 소리 자욱하다
오라 오라 내 눈은 가리고
뺨을 치며 심장을 향해
생애의 온갖 불협 화음들
삐걱이며 소리 맞추며 오라
비로소 듣는다
마주 쳐 울려오는 거침없는 가락
사막의 깊은 밤을 적시는 달빛에서나
적막한 바다의 자정을 철썩이는
밤 파도의 몸부림에서나 받을 수 있는

나의, 아니 누군가의 숨죽인 유출
그런 접속이 아마도 오래 끊어졌다
지평선 밖은 어둠에 휩싸이건만
동이 트면 밀려오는 수많은 일들과
뜻 없는 말들의 넘침 속에서
희석의 시간은 시작된다
삶은 그 위로 얼마큼을 떠서 뒤척이는가?
그 보다 더 위로 떠서 생애를 펼쳐가느라
담보로 잡힌 것들이 끝없이 떠밀고 가는
생애의 반짝임 텅 빔 가라앉을 수 없는 가벼움이여
지평선은 다시 안 보인다

우주의 노래여

애잔한 비비추 옆에 노란 양지꽃 무리
어느 새 날아가 오솔길 건너편
잣나무 발치에 나지막하게 자리 잡고
오가는 눈길을 끌곤 한다
해질녘 피곤한 지구는
비스듬히 누워 천천히 숨을 쉬고
어둠을 기다려 빛날 준비 중인
수많은 별들은 조용조용
음을 고르고 있다. 아마도
밤이면 밤마다 들려줬을 텐데
듣는 이 누군가
슬픔이든 기쁨이든
간힐 때마다 부르는 절규든 노래든
산이나 바다 깊은 계곡을 울리면
우주에서 화답하는 노래 있으련만
듣는 이 누군가
온 세계가 위기라고 외쳐대니

머지않아 지구가 숨을 거둘 것 같지만
몇 년 전 가로수로 심은 메타세콰이어는
훌쩍 키가 크고 잎이 무성해 빛나는 청춘이다
마음은 첩첩 산중, 하나씩 열 수는 없을 테니
내려와 나를 풀어다오, 우주의 노래여
들으리다
애잔한 비비추와 양지꽃은 밤이면 밤마다
어둠이 부드러워지는 것을 알고 있었으리

어머니의 시계

칠십에 미국으로 이민 가서서 이십여 년 사시다 돌아가신 어머니의 시계 태엽을 매일 감아준다. 낡은 부로바 시계를 어머니도 오랫동안 서랍 속에 두셨지만 유품 몇 점으로 받은 것이다. 태엽을 감아 주면 하루 쯤 가다 또 멈추곤 하지만 태엽을 감으면 어머니의 마음 속 갱도를 따라가고 싶어진다. 그래봐야 내 나이까지나 알 수 있는 것일 테지만. 태엽을 감으면 아주 작은 소리로 살아나 숨 쉬는 조그만 시계를 귀에 대 보면 어머니의 한 생애가 흘러가면서 내던 소리 같다. 부지런하게 쉴 새 없이 헤쳐 가시던 발걸음 소리 같다. 한 줌 재로 훨훨 날아가신 육신의 엔진 소리를 멀리서 듣는 것 같다. 그렇구나, 기억의 갱도를 타고 가는 곳엔 어둠도 푸른 나무를 깨우고 깊은 강의 물굽이 마다 달빛 춤 일렁이게 한다. 째깍 째깍 살아나 시계는 세상의 시각을 알리고 어머니는 어디에도 안 계신다.

자연의 원리

며칠 장맛비가
어제는 물 폭탄처럼 퍼붓더니
산은 뼈 속까지 젖어 있고
낙엽송 몇 그루가 쓰러져 누웠다
젊은 바늘잎이 한바탕 살아볼 텐데
쓰러진 나무를 넘어가려니
섬뜩하고도 애처롭다
땅도 바다도 씻어 내는 장맛비라지만
강풍 돌풍으로 뒤집어 구석구석 숨 쉬게 한다지만
쓰러진 나무는 숲에 크나 큰 보탬이라지만
늙은 오동나무처럼 가지나 몇 개 부러뜨리지
뿌리째 뽑히는 형벌은 뭘까?
냉정한 자연의 원리에 항의하며
비온 뒤 향기 그윽한 숲을 걷노라니
낙엽송 뾰족뾰족한 젊은 바늘잎이
생각의 이곳 저곳을 찌른다

늦여름에 은혜

교회 다녀오는 길
팔월 염천에 뭉게구름 피어 오른다
구름 타고 유람하고 싶지만
무거운 내 존재여
속엣 것 꺼내서 저 구름에 얹어
어디론가 날려 보내련다
갈등과 냉소와 거친 감정과
불안과 차가운 심정
그때마다 돋아나는 죄의 잎사귀들
한 웅큼씩 잘라 버리면
숨 쉬고 심장 뛰는 동안 공생하는
그 잎사귀들은 자라고 또 자란다
고추가 붉게 익는 늦여름 땡볕에
내 속은 뒤집어 널어 말리고
파란 하늘 뭉게구름을
긴 숨으로 들이 마시니
바울 사도의 말씀대로
죄 있는 곳에 은혜도 깊더라

진열장의 밤

돈까스 우동집 진열장에 누워
밤을 지나는 플라스틱 음식들은
밤이면 밤마다 어디론가 날아다닌다네
돈까스는 튀김옷을 벗어버리고
모듬 초밥은 덮개를 집어 던지고
캘리포니아 롤은 도르르 말린 몸을
주르르 펴 일으키고
깔고 앉은 둥근 접시를
빙글빙글 돌리면서
아마도 머나 먼 인공위성쯤까지 날아가
지구를 내려다 보곤 할꺼야
진열장 앞에 서 있는 플라타너스는
새벽녘 돌아와 접시위에
죽은 듯이 쓰러지는 그들을 바라보며
아마도 아마존강가 어딘가의
원시림을 그리워할지도

4부

알프스 융프라우요흐 가는 길

인터라켄의 깊은 밤
짙은 어둠 속에서 별들은
내 영혼을 향해 쏟아진다
얼마만인가 빛나는 별들과 살아있는 우주
까마득히 내려다보이는 호수와 둘러 친 산들은
광활한 어둠의 고요를 품고 있어
별빛은 밤하늘을 찢을듯 빛난다
융프라우요흐를 향해
산악 열차를 타러 가는 새벽
어둠이 벗겨지며 치솟은 산들과 목초지
깨어나는 집들, 시야를 한껏 넓이니
눈길 닿는 곳마다 이어지는 봉우리들 절묘하다
능선을 따라 오르는 길 좌우로
눈 덮인 봉우리 위에 다시 또 봉우리
단풍에 휩싸인 시월의 알프스는 분명 신의 솜씨다
쏟아지는 눈사태도 아침 햇살에 꽃잎 날리듯 하더니
드디어 해발 3454m의 융프라우요흐

벽옥색 하늘에 희디흰 눈
끝없이 펼쳐지는 봉우리들의 다도해
유럽의 꼭대기에서 세상을 내려다본다
21세기 유럽 저 아래서 인간사는
희로애락에 뒤채이고 있지만
만년설 변함없는 맑은 기운이여
다시 한 번 세상을 씻어다오
초록별 푸른 호흡을 힘껏 불어다오

캐나다 록키산맥에서

밀쳐 올라 솟아 올라 바위들
우지끈 평원을 찢고
북미 대륙의 대동맥을 이어 달린다
치솟고 싶은 마음
터뜨려 제 심장 쏘아 올리고 싶은 마음
아마도 저 만큼은 될 테지만
물결치는 바위산의 기나긴 흐름과
흰 눈 덮혀 거룩한 침묵
눈에 담고 오감으로 받기엔 버겁고 장엄하다
빙하 녹아내리는 강줄기 따라
침엽수림은 검푸른 생명의 띠를 두르고
근육질의 산, 산은 살아 숨 쉰다
무어라 외치는가 무어라 명령하는가
저 멀고 높은 곳에 가슴을 열어보이면
세상사 작은 일들이 작게 보이고
세속이 세속인 줄 알리라
푸른 기운 더해가는 초원의 풀꽃이
맑고 찬 우주 공간을 가릉가릉 울리고 있는

작고 큰 것의 조화
산이 물에 젖고
물이 산을 품은 소통
나무들 나고 자라고 흙에 잠들어
숲의 기나긴 생애가
지상의 한쪽을 시원스레 살리고 있다
봄빛에 눈부신 롭슨산* 깎아지른 절벽 만년설은
마음속을 밝히는 눈밭, 그리로 향하니
사람의 노래 침묵의 노래 하늘에 닿는다

*롭슨산 : 캐나다 록키산맥에서 가장 높은 산으로 해발 3954m이다.

콜롬비아 대 빙원

— 캐나다 록키산맥 아싸바스카 산을 바라보며

얼마나 오랜 세월
얼고 다시 얼어붙고
눈 쌓이고 눈보라 쌓였는가
푸르스름 새벽 빛에
깊은 강이 통째로 얼면
저 투명한 빙하 같으려나
아싸바스카산, 멀리서 바라만 봐도
짙은 얼음의 속은 견고한 고독이다
차가운 달빛은 그 깊음을 관통하여
세상에 보낼 맑은 바람을 풀어내고
눈부신 햇살 비칠 때 광활한 빙원은
거침없고 당당하여
빙하를 비유로 쓰기엔 마땅찮다
설상차 타고 올라와
소인국의 소인이 된 듯
찌를 듯 솟은 봉우리와 얼음 벌판 바라보니
북미 대륙 록키산맥 치솟은 곳에

고독한 전망대 있네
사람들이 놓쳐버린 고독과 침묵
흐르는 별처럼 쏘아 보내준다면
마음 시끄럽고 닫힐 때마다
콜롬비아 대 병원 그리로 달려가련다

순천만

발 딛고 사는 곳이 이러면 좋겠다
갈대들은 기세 좋게 무리를 이루고
바람 가는 길에 갈잎 일제히 몸 흔드는
순천만, 갯벌은 벌렁벌렁 숨쉬며
게랑 망둥어랑 한바탕 살판났건만
갈 숲에 숨어 소리만 드높은 새 울음소리는
만의 굽이굽이로 물결친다
고요하구나
귀 기울이면 온통 숨소리
칠월은 하루하루 더 젊어지는데
소금기 먹은 바람 맞으며
누군들 갈대를 무심히 지나치랴
저렇듯 꺾일 듯 저항하는 뿌리 하나 쯤
누군들 갖고 있지 않으랴
딛고 선 곳은 쑤욱 쑥 밟히는 무른 땅
바람도 햇살도 닿으면
몸 비비며 애틋해하니
발 딛고 사는 곳이 이러면 좋겠다

남해 금산

금산을 휘감은 바다 안개
저녁 햇살에 한 자락씩 걷히니
아득히 보이는 남해도 남쪽 끝
차오르는 바다 봉긋한 섬들
머리 위 바위 위에 바위는
저리 뛰어들었다
이리로 내달아 올라 왔는가
벼랑에 넙죽 엎드려 바라보고 있네
열렸다 닫혔다 하는 사람 세상
잠겼다 떠올랐다 하는 작은 섬들
섬에 들어 금산에 들어
벼랑에 올라앉은 보리암 바라보니
세상은 오늘도 미궁인 채 계절이 바뀌고
한 생애를 마친들 무엇을 알게 될까
바다는 멀리서 안개 젖은 금산을 그리워하려나

격포 채석강

바다여 파도여
밀려들어오라 들어오라
화강암 차곡차곡 포개어진
채석강 절벽 허리
넘실넘실 에워싸고 어루만지러
멀리서 아득히 멀리서
돌아오는 달음박질
벅차오르는 파도 부서질 때마다
격정은 희디희고 덧없건만
밀려들어오라 들어와 출렁이거라
흐르는 것이 녹이는 줄을
바위도 물도 모르건만
모르는 사이 이루어지는 것이 있더라
새벽녘 쓸려 나간 겨울 파도여
비어 있는 동안 바닥까지 내보이는
절벽의 속내는 사뭇 검고도 매끄럽구나
바다를 한바탕 내몰고 가는 것도
가면서 희디희게 부서지는 것도
덧없는 격정이련만

산은 그러하다

영주 부석사에서 울진 쪽으로 가로지르는
첩첩 산중을 가다 불영계곡을 만난다
입춘 지난 이월 겨울 산
봄에는 벚꽃이며 철쭉 피워내고
한 여름 계곡 물 부서지며 쏟아지며 치달리고
단풍 들매 낙엽이며 열매며
수북수북 떨구던 태백산 줄기
훈풍에 볕도 밝다
산은 그러하다, 늙도록 별 내색이 없다
가파른 절벽 굽이굽이 돌며 달려가면
열리고 또 열리는 첩첩 껴안은 산들은
어디쯤에선가 서로를 풀어 놓고
낮은 곳으로 평평하게 제 몸을 눕히겠지
그러다 바다를 만나 바람 쏟아내니
후포항 솔숲엔 기나긴 휘파람 소리
봄 가까우니 꽃망울 맺히겠구나
외손녀는 어느덧 돌이 지났고

작년 가을엔 어머니 돌아가셨고
지난해 내내 친구는 암투병으로 힘들었다
누구나 저런 산이나 산맥을
들이켰다 내쉬었다하며 살아가는 거라고
고개 마루 내려오며
국도변 겨울 나무들에게 듣는다

대관령의 봄

대관령이 젊어져 쩔쩔 맨다
연록색 나무들 깨어나며
솟는 힘 풀어내려고
험산 준령이 여린 잎으로 잔잔하고
옅은 분홍 철쭉에 겹벚꽃이
바위를 가리고 있으니
첩첩 산과 산을 흐르는
젊음의 서정이 난폭하지 않아
거대한 산맥이 곱기까지 하다
숨은 기운은 백두대간을 들어 올릴듯해도
저만한 절제를 봄 아니면
다른 무엇이 끌어낼 것인가

울릉도

한 생애 끝날 무렵
유람선 타고 돌아볼 때
기암 괴석도 가파른 절벽도
불끈 솟구쳐 따로 떠있는 바위섬도
보기 좋다고 하련다
마가목 열매 빨갛게 여무는
해기우는 저녁
어스름 빛에 젖어드는 바다
사라지는 수평선쯤에서
집어등 불빛이 온 밤을 밝힌다

영금정에서

고향 인천의 작은 골목안 옛집에도
일몰이 가슴을 씻어내던 송도 바다에도
벗어 놓은 집은 없더라
홍천 화양강 지나 인제 접어들어
미시령 넘어 당도한
속초 바다
가득찬 겨울과 놀고 있는 오리떼들은
영금정 바위에서 벗어 놓은 집을
찾았는가
올해가 하루 남은 날
살아서 출렁이는 곳에 가면
떠내려 보낸 것 놓친 것
아직 만나지 못한 것을
보리라 들으리라 숨쉬리라 찾아온 곳
오래 전 벗어 놓은 집을
다시 입으려 해도 그럴 수 없다 한다
그때 그 집에 살던 사람 아니라 한다
헤매며 지어온 집은 어설프기만 한데

■ 해설

어둠의 음향과 우주의 노래

이숭원李崇源
(문학평론가 · 서울여대 교수)

시집의 앞에 놓인 시인의 자서를 먼저 읽는다. 길이가 긴 것을 보니 시인의 내면에 하고 싶은 말이 많은 것 같다. 그만큼 세월이 흘렀다는 뜻이리라. 시인의 연륜이 깊어졌다는 뜻이리라. '감성'과 '이성'이라는 말 다음에 '영성'이라는 말이 나온다. 영성(靈性)! 그는 이제 감성과 이성의 차원을 넘어서서 일반적 지식으로 판별하기 어려운 정신의 깊숙한 안쪽을 들여다보려 하는 것이다. 변화하는 세계 속에서도 변하지 않는 "속에 박힌 의미"를 깨달아가는 과정이 시정신의 길이요 창작의 길이라고 암시하고 있다. 그런 것을 통해 막힌 가슴을 뚫고 시들어가는 생명을 소생시킬 수 있기를 소망하고 있다. 이 파란 많고 번민 많은 세상에서 시가 그런 일을 할 수 있다면 얼마나 좋겠는가? 감성과 이성과 영성이 총체적으로 가동하여 곤비한 삶을 갱신할 수 있다면 그 이상 더 무엇을 바랄 것인가?

이 시집에 실린 88.8%의 시는 자연에서 착상을 얻은 작품들이다. 자연은 안경원 시의 중요 무대다. 불교나 도가 같은 동양의 전통적 세계관에서 자연은 인간과 조화를 이룬다. 인간이 자연의 일부로 수용되거나 인간과 자연이 대등한 가치를 지닌 상태로 공존한다. 서양의 근대적 세계관이 지구 전체로 퍼진 18세기 이후 인간과 자연은 대비적 관계로 인식된다. 이항 대립의 두 축은 순수한 자연과 불순한 인간으로 나뉜다. 자연의 순수성에 착목하려면 인간의 자취가 배제되어야 한다. 다음과 같은 시가 그 예인데 이러한 유형의 시는 이 시집에서 극히 적다.

논물에 비치는 하늘은 녹색
여린 모들이 하늘에서 자란다
멀리 둘러 친 산들은
무한 공간을 숨 쉬는 푸른 아가미
숲 속 찔레 꽃 향기에

개미들은 어지럽다

—「상응」 전문

찔레꽃 향기가 어지러우니 5월 하순이겠다. 하늘은 청명하고 대지는 신생의 기운이 넘친다. 연초록 모가 커가는 논물에 비친 하늘도 녹색이다. 하늘이 논물에 환히 비치니 여린 벼들이 하늘에서 자라는 것 같다. 논밭이 끝나는 곳에 둥글게 솟아 있는 신록의 산들은 새로운 공기를 호흡하는 푸른 아가미 같다. '푸른 아가미' 라는 시어는 시인이 바라보는 자연을 한 마리의 커다란 물고기로 환치시킨다. 산은 들판과 하늘을 잇는 경계지대다. 무한한 대지와 무한한 하늘을 연결하면서 신생의 생명력을 교환하는 푸른 아가미다. 푸른 아가미가 움직이면서 자연 물고기의 하늘 머리와 대지 몸통이 꿈틀 요동을 치는 것도 같다. 지느러미를 움직여 생명의 바다로 헤엄쳐 가는 것 같다. 겉으로 보이는 표면적 현상은 고요하고 움직임 없다. 벼가 자라는 모습이 보이는 것도 아니요, 산의 숨 쉬는 움직임이 보이는 것도 아니며, 찔레꽃 향기가 퍼져오는 것이 눈에 들어올 리도 없다. 이 정적과 부동의 공간 속에 움직이는 대상은 개미뿐이다. 개미들은 먹이를 얻으려 찔레꽃 향기 풍겨오는 곳으로 바삐 움직인다.

그러나 시인의 눈에는 이 개미의 움직임은 극히 부분적인 작은 움직임일 뿐이다. 논의 모와 산과 하늘과 찔레꽃과 개미는 서로 호응하고 관계를 맺으며 긴밀하게 생의 기미를 주고받는다. 자연은 이런 상응의 조화를 이룬다. 시인은 군더더기 말을 붙이지 않았지만 '상응'이라는 시의 제목은 그런 의미를 전달하고 있다. 다음의 시는 더욱 정제된 시선으로 자연의 한 점경을 포착하였다.

> 소나기 지나간 후
> 계곡엔 쏟아지는 여름 물살
> 물가 나뭇잎 하나
> 푸른 실핏줄만 남았다
> 아홉 마리 무당벌레 모여 앉아
> 배고픈 식사를 했겠지
> 나뭇잎은 싫지도 않은지
> 바람결에 사알랑 흔들리고
> 동그라미 점 점 살아 숨쉬는
> 잠시 동안의 세공 한 점
> 눈부신 햇빛 스포트라이트
>
> —「여름 숲 1」 전문

소나기 지나간 여름 물가에 푸른 실핏줄만 남은 나뭇잎이 남아 있다. 벌레가 갉아먹어 잎맥만 남은 잎이다. 생태계의 실상으로 보면 매우 비참한 모습이다. 시인은 어린이 같은 천진한 시각으로 이 앙상한 실핏줄의 형상을 눈부신 햇살의 조명을 받는 환한 정경으로 변환시킨다. "아홉 마리 무당벌레 모여 앉아/배고픈 식사를 했겠지"는 매우 재미있는 레토릭이다. 앞에서 내가 이 시집의 자연 소재 시의 분포가 88.8%라고 한 것과 흡사한 어법이다. 굳이 '아홉 마리' 일 필요는 없지만, 이 경우에는 일곱 마리나 여덟 마리는 어울리지 않고 아홉 마리라야 적당하다. 그래야 무언가 꽉 찬 듯한 느낌이 들고 그렇게 여러 마리가 먹었으니 실핏줄 같은 잎맥만 남은 것도 당연하다는 생각도 든다.

그런데 온몸을 뜯긴 나뭇잎은 무당벌레 식구들에게 포식을 안겨준 것이 오히려 흡족한지 바람결에 가볍게 몸을 흔들 뿐만 아니라 자신의 몸에 난 동그라미 점에 오묘한 햇빛 스포트라이트를 받아내는 것이다. 시인이 본 것은 나뭇잎 하나지만 상상을 통하여 여름 소나기와 쏟아지는 물살과 잎맥만 남은 잎과 무당벌레의 포식과 동그라미에 반사되는 햇살의 눈부심이 상응하는 관계를 재구성해 냈다. 그것을 통해 여름의 충만한 생명성을 드러내는 데 이르렀다. 이런 장면을 자연의 영성을 발견한 것이라고 일컬어도 무방할 것이다.

이처럼 순수한 자연에 인간의 거동이 개입하면 양태가 달라진다. 자연과 대비하면 "인간은 하찮아 보이고" "적재량을 초과한 인간들의/충혈된 신경망"이 눈에 거슬린다. 그렇다고 세상을 살아가는 일상인이 인간을 완전히 배제할 수는 없는 일이다. 그래서 시인은 "인간 없는 풍경은 쓸쓸하고/인간 있는 풍경은 찢겨져 있다"(「생각을 버리고」)고 고백한다. 여기서 시인의 모순 인식과 고민이 시작된다. 자연의 천진한 순수성에 눈이 가는 것은 잠깐일 뿐이고 자연을 보다가 인간의 일을 생각하면 인간은 더욱 하찮고 추악해 보인다. 그렇다고 인간을 배제하는 것은 세상을 살아가는 것을 포기하는 것과 같다. 이것이 시인의 딜레마다. 어떻게 하면 자연과 인간을 두루 포섭하면서 그 양항의 관계 속에서 영성을 발견하는가? 이것이 시인이 참구하는 화두가 될 것이다. 그 고민의 한 축은 인간 세상에 들어와 있는 자연의 양태를 해부하는 데서 출발한다.

> 가지런히 잘린 채
> 생애 최고의 순간을 피워 낸
> 장미야 백합아 프리지아야 국화야
> 이 추운 날에 속도 모르고 피어난

너희의 욕망은 너희 속에 고여 있다가
누군가의 기쁨이나 슬픔에
맞춰지는거니?
아직 덜 벌어진 봉오리와 더 짙어질 향기를
프리미엄으로 오늘 해지기전에 팔려가야지?
너희의 뿌리에 대해 묻고 싶지는 않다
몸에서 가장 소중하고 아름다운 부분을
싹둑싹둑 끊어내고도
양분과 물을 또 끌어올리고 있을까?
너희들은 모르지
시장에서 생애 최고의 순간을 피워내고 있는
너희들의 순하디 순한 붉은 꽃잎 노란 꽃잎에
인간이 매기는 너희들의 값을.
훈훈한 건물 안에 뭉실대는 꽃의 향기에
며칠간 유예된 생명이 눈부실 뿐
죽음의 기미가 없다
잘려야 시장에 들어오는데
죽음은 무슨 죽음!

—「꽃시장에서」 전문

흔히 보는 정경을 시로 표현했는데 그 시선은 아주 다르다. 꽃시장에 허리 잘린 채 피어있는 꽃들은 모순의 존재들이다. "생애 최고의 순간을" 이룬 순간 허리가 잘리는 것이 그들의 운명이니 그것을 어찌 모순의 존재라고 하지 않을 수 있겠는가. 더군다나 추운 겨울철에 생애 최고의 순간을 피워냈으니 그것 역시 정상에서 전도된 것이다. 팔리기 위해 최고의 꽃을 피우고 최고의 꽃을 피운 그 순간 허리가 잘리는 운명. 그래서 뿌리를 잃은 채 남은 줄기로 수분을 끌어올리는 가혹한 본능의 생리만 유지하고 있는 모순의 생들. 그들을 살아 있다고 할 수 있을까? 그러나 죽었다고도 말할 수 없으리라. 이것이 바로 그들의 모순된 양태다. 그들은 죽은 것도 아니고 산 것도 아니다. 그러면 유령이란 말인가? 죽음을 잠시 유예해 놓고 설정된 시간만큼 눈부신 생명을 드러내고 있으니 삶과 죽음의 회로에서 이탈한 가상의 존재들이다. "잘려야 시장에 들어오는데/죽음은 무슨 죽음!"이라는 시인의 단호한 선언은 장식용 화훼의 개체적 모순을 드러내는 동시에 그 모순을 아무런 거부감도 없이 받아들이는 인간 욕망의 비루함에 대한 비판이기도 하다.

인간이 도모하는 삶의 풍경이 찢겨져 있듯 인간 세상에 자연이 개입할 때에도 이렇게 찢겨진 상태로 들어온다. 그래서 인간 세상을 보는 시인의 눈에는 어둠이 가득 차 있다. 깨어지고 찢긴 세상에서 물러나 자신의 내면으로 칩거할수록 "가슴을 두드리는 어둠의 음향"과 "생애의 온갖 불협화음들"이 공허한 내면을 울린다. 날이 밝으면 다시 하루가 시작되고 많은 일들에 밀리고 부딪치며 살아가지만 그것 또한 의미 없는 "희석의 시간"(「어둠의 음향」)일 뿐이다. 얇게 휘발하여 공중을 떠도는 것 같은 이 허망한 생의 족적 위에 우리는 무슨 이름을 새기고 무엇을 남길 것인가? 자연이 개입하지 않을 경우 시인의 내면은 어둠의 심연으로 깊이 가라앉는다. 때로 그 하락의 과정은 실추의 현기증을 일으킬 정도다. 그런 점에서 자연은 그의 감성과 이성만이 아니라 그의 영성을 구원하여 인도하는 존재다. 자연이 있기에 그의 실존이 유지되는 것이다.

애잔한 비비추 옆에 노란 양지꽃 무리
어느 새 날아가 오솔길 건너편
잣나무 발치에 나지막하게 자리 잡고
오가는 눈길을 끌곤 한다
해질녘 피곤한 지구는
비스듬히 누워 천천히 숨을 쉬고
어둠을 기다려 빛날 준비 중인
수많은 별들은 조용조용
음을 고르고 있다. 아마도

밤이면 밤마다 들려줬을 텐데
듣는 이 누군가
슬픔이든 기쁨이든
갇힐 때마다 부르는 절규든 노래든
산이나 바다 깊은 계곡을 울리면
우주에서 화답하는 노래 있으련만
듣는 이 누군가
온 세계가 위기라고 외쳐대니
머지않아 지구가 숨을 거둘 것 같지만
몇 년 전 가로수로 심은 메타세콰이어는
훌쩍 키가 크고 잎이 무성해 빛나는 청춘이다
마음은 첩첩 산중, 하나씩 열 수는 없을 테니
내려와 나를 풀어다오, 우주의 노래여
들으리다
애잔한 비비추와 양지꽃은 밤이면 밤마다
어둠이 부드러워지는 것을 알고 있었으리

—「우주의 노래여」 전문

이 시의 끝 구절에서 보는 것처럼 자연은 시인의 내면을 압박하는 어둠을 부드럽게 순화해 주는 역할을 한다. 자연은 누가 시키지 않아도 저절로 움직이고 저절로 호응한다. 오솔길 건너편 잣나무 숲이 있고 모르는 사이에 그 앞쪽에 작은 비비추와 노란 양지꽃 무리가 터를 잡았다. 어느새 저녁이 되어 지구는 비스듬히 누워 느린 숨길을 가다듬고 별들이 밤하늘을 밝힐 우주의 음률을 고르고 있다. 이것은 어제 오늘의 일이 아니라 우주가 생겨나서 지금까지 무수히 되풀이된 일이다. 인간이 그 음악을 제대로 못들을 뿐이지 태초부터 이어져 온 우주의 노래는 유구하고 영원하다.

급진적인 생태학자들은 생태계의 위기를 지적하며 지구의 종말을 예고한다. 그러나 도시의 매연 속에서도 메타세콰이어 가로수는 빛나는 청춘의 육체를 과시한다. 싱싱한 젊음의 윤기가 자연의 조응 속에 울려오는 우주의 노래에 화합한다. 그것을 듣지 못하는 것은 상처 입고 찢겨진 인간들이다. 그 중의 하나인 시인 자신도 첩첩산중처럼 가려진 자신의 답답한 가슴의 끈을 하나씩 풀고 우주의 노래를 들으려 한다. 우주의 노래 속에 자신의 영성을 조금씩 풀어내려 한다. 그래서 어둠의 가혹한 완력에 등을 돌리고 자연과의 화합이 주는 은혜로운 꿈을 창조의 동력으로 삼으려 한다. 밀려오는 어둠 속에서 빛을 잃지 않으려고 안간힘 쓰는 시인의 자세는 간곡하다.

조금 남아있는 빛 속에
저녁 나무들은 잠잠하다

숲이 깊은 어디쯤엔가
이미 밀려와 있는 어둠
철책을 넘고 아카시아 가시를 덮으며
천천히 번져온다
초록에 어둠을 섞어
가슴을 쓸어내리는 나무들
저무는 하늘 빛 깊숙이 들이 마시며
몸이 어두워진다, 지워진다
조금 남아있는 것은 또 무엇일까?
밥 끓는 냄새도 생선 굽는 냄새도 나지 않는
적막과 일탈의 짧은 시간
비출 빛 없어 발자국 지워지고
하얀 개망초 꽃들 흐르는 어둠에 점점이 떠있다
나무들 사이로 몸을 지우며
숲을 나선다
밤은 숲도 덮고 거리도 덮는다

—「저녁 산책」 전문

이 시에서 "조금 남아있는 빛"과 "이미 밀려와 있는 어둠"은 인간과 자연의 대립처럼 이항 대립을 이룬다. 어둠과 빛은 서로의 힘을 겨루며 버티고 있는 듯하다. 그러나 결국 어둠은 철책을 넘고 나뭇가지를 덮으며 방

어할 사이도 없이 천천히 번져온다. 이제 나무들도 가슴을 쓸어내리며 어둠을 몸의 안쪽으로 받아들인다. 초록빛은 점점 사라지고 어둠의 윤곽 속에 몸이 지워져 보이지 않게 된다. 그래도 아직 조금 남아 있는 무엇인가가 있다. 소리 없는 장악의 힘으로 세력을 펼쳐가는 어둠의 움직임에 끝까지 맞서는 존재들. 밥 끓는 냄새라든가 생선 굽는 냄새 같은 일상의 기미에서 벗어난 적막과 일탈의 짧은 시간에 끝까지 빛의 최후를 버티는 존재들. 하얀 개망초 꽃들이 그들이다.

"하얀 개망초 꽃들 흐르는 어둠에 점점이 떠있다"는 시행의 울림구조는 다른 시행과 구분되어 독특한 음가를 드러낸다. 그것은 자연이 마지막으로 뿜어내는 생의 광휘 같다. 이제 완전히 어둠이 덮이고 자신의 몸도 지워진 채 숲을 나서는 것으로 끝맺는데, 이 마지막 시행에는 빛과 어둠의 교차 속에 끝까지 빛의 숨결을 놓치지 않으려는 살아있는 인간의 안간힘이 스며있다. 어둠의 음향이 우리의 내면을 무섭게 강타해도 어둠을 부드럽게 가라앉히는 우주의 음악을 찾아내려 하는 시인의 의지가 작동한다. 영성의 발견이 그것을 가능하게 한다. 자연의 변화 속에서 우주의 영성을 찾고 그것을 인간의 지혜로 받아들이려는 시인의 노력은 점착력 있게 지속된다.

찬 비 내리는 겨울 끝 무렵
지난 가을 낙엽들은 울음도 향기도 없이
질척거리는 흙에 뒤섞여 있다
지난 가을은 얼마나 멀리 갔는가?
산에서 베어낸 나무는 층계가 되었다
나무의 시간과 돌의 시간과
낙엽의 시간을 밟는다
흙에 비에 범벅으로 섞여
사람의 발은 가려낼 수 없지만
뒤섞여 얼었다가
뒤섞여 녹으며
질척하게 돌을 껴안은 흙은
풀뿌리와 풀씨도 보듬고 있다
시간이 바람으로 체감되는 때
시간도 바람도
진흙이 미끄러운 발걸음 같아라

— 「진흙이 말하는 것」 전문

시인의 예민한 감각은 꽃과 나무 같은 자연물만이 아니라 겨울 숲의 질펵거리는 형상까지 의미 있는 시적 질료로 받아들인다. 시인은 진흙이 말하는 것까지 듣고 자신의 뜻으로 그것을 해석한다. 가을이 가고 겨울도 끝나

갈 무렵 해동을 재촉하는 비가 내린다. 차가운 비다. 지난 가을에 떨어진 잎들은 흙바닥에 깔려 있다가 빗물에 쓸려 진흙 속에 뒤섞인다. 매우 혼란스럽게 보이는 장면이다. 산에서 베어낸 나무로 턱을 괴어 등산객이 걷기 편하게 계단을 만들어 놓았다. 사람들이 밟고 가는 길에는 지난 가을에 떨어진 낙엽과 산에서 베어낸 나무와 원래부터 있던 돌이 있다. 사람들은 그것들을 무심히 밟고 간다. 그러나 시인은 영성을 추구하는 존재다. 시인은 그 각각의 사물이 거쳐 온 시간의 축적과 살아온 내력을 알고 싶어 한다.

흙과 비에 범벅이 된 진흙에 함께 묻힌 나뭇잎과 나무의 잔해들. 사람들은 무엇이 흙이고 무엇이 나뭇잎이고 나무인지 가릴 수 없고 그것을 구분할 생각조차 갖지 않는다. 그러나 흙은 가을로부터 봄에 이르는 시간의 흐름 속에 얼고 녹고 또 어는 변화의 양태 속에서 자신의 내부로 들어온 작은 존재들의 이모저모를 다 알아내려 한다. 돌과 나뭇잎과 풀과 풀뿌리와 풀씨까지 보듬어 안으려 한다. 자연이 가진 이 포용력이 바로 어둠을 부드럽게 녹이고 우주의 음악을 탄주하게 하는 힘이다. 바람이 불듯 시간이 흐르고 시간이 흐르듯 바람이 분다. 보이지 않으나 피할 수 없는 시간의 흐름 역시 지상의 모든 작은 존재들을 포용하는 신비의 영성을 거느리고 있는 듯

하다. 시간이야말로 인간과 자연의 내력과 운명과 미래를 온통 휘감고 있는 것이 아닌가? 과거로부터 미래로 이어지는 시간의 부드러운 힘은 우리에게 때로 경이로운 각성과 전율어린 전회의 체험을 안겨준다.

> 칠십에 미국으로 이민 가셔서 이십여 년 사시다 돌아가신 어머니의 시계 태엽을 매일 감아준다. 낡은 부로바 시계를 어머니도 오랫동안 서랍 속에 두셨지만 유품 몇 점으로 받은 것이다. 태엽을 감아 주면 하루 쯤 가다 또 멈추곤 하지만 태엽을 감으면 어머니의 마음 속 갱도를 따라가고 싶어진다. 그래봐야 내 나이까지나 알 수 있는 것일 테지만. 태엽을 감으면 아주 작은 소리로 살아나 숨쉬는 조그만 시계를 귀에 대 보면 어머니의 한 생애가 흘러가면서 내던 소리 같다. 부지런하게 쉴 새 없이 헤쳐가시던 발걸음 소리 같다. 한 줌 재로 훨훨 날아가신 육신의 엔진 소리를 멀리서 듣는 것 같다. 그렇구나, 기억의 갱도를 타고 가는 곳엔 어둠도 푸른 나무를 깨우고 깊은 강의 물굽이 마다 달빛 춤 일렁이게 한다. 째깍째깍 살아나 시계는 세상의 시각을 알리고 어머니는 어디에도 안 계신다.
>
> —「어머니의 시계」 전문

나는 개인적으로 이 시가 이 시집에서 가장 아름다운 시라고 생각한다. 왜냐하면 이 시에는 추상적 사유의 포물선이 거의 보이지 않기 때문이다. 나를 낳아준 어머니처럼 구체인 존재가 어디 있는가? 어머니가 차던, 혹은 서랍 속에 보관했던 시계처럼 구체적인 사물이 또 어디 있겠는가? 그 시계에서 울려오는 시계소리처럼 분명한 감각의 대상이 어디에 있겠는가? 그리고 그 시계를 매만지고 태엽을 감아 재각거리는 시계소리를 듣고 있는 '나'라는 확실한 실체를 어떻게 부정할 수 있겠는가? 이처럼 이 시는 사유의 관계가 확실하고 나이든 딸이 돌아가신 어머니를 생각하는 명확성에 기반을 두고 있다. 추상의 축에서 멀리 벗어나 있기에 나는 이 시를 가장 사랑한다.

칠십에 미국으로 이민 가서 이십여 년 살다 돌아가신 어머니의 시계가 어떤 경로를 통해 시인에게 유품으로 전해졌다. 어머니도 이 시계를 차지는 않으시고 서랍 속에 보관해 두시기만 했다. 시인은 어머니의 시계에 태엽을 매일 감아준다. 어머니는 돌아가셨지만 시계는 태엽만 감아주면 살아서 소리를 내고 움직인다. 그 시계소리를 들으며 시인은 "어머니의 마음 속 갱도"라고 표현한, 한 생애의 내력과 운명을 되짚어가는 듯한 느낌을 갖는다. 90 넘게 사신 어머니의 모든 생을 다 알 수는 없겠지만 시인의 살아온 연륜을 기초로 삶의 흐름을 따라가 보는 것이다. 어머니의 발걸음 소리도 듣고 한 줌 재로 날아가신 육신의 엔진 소리를 듣기도 하면서 시인은 하나의 깨달음에 도달한다. "기억의 갱도를 타고 가는 곳엔 어둠도 푸른 나무를 깨우고 깊은 강의 물굽이마다 달빛 춤 일렁이게 한다."고 했다. 어둠을 부드럽게 만들어주고 우주의 음악을 들려주는 것은 자연이다. 그런데 어머니가 남긴 시계의 움직이는 소리가 이제는 자연의 역할을 대신하고 있다. 이것은 매우 큰 변화다.

이것을 계기로 해서 시인은 88.8%의 비중으로 시인을 중압하고 있는 자연의 중력에서 벗어날 수 있을 것이다. 자연을 대신할 수 있는 신생의 가능성을 어머니의 추억이, 어머니와 나로 이어진 삶의 연대의식이 제시해 주었다. 어머니의 시계소리에 힘입어 시인은 이제 자연에서 인간의 삶으로, 음울한 '어둠의 음향'에서 푸른 나무를 깨우고 달빛 춤 일렁이게 하는 '신생의 노래'로 전회할 수 있을 것이다. 그리고 더 나아가 자연의 노래나 어머니의 시계소리가 둘이 아니라 하나라는 사실도 알게 될 것이다. 그것을 통해 새로운 영성의 발견에 이를 날이 멀지 않았다. 그것을 알리는 새벽의 나팔소리가 벌써 저렇게 들려오지 않는가.

조주스님에게 한 행자가 물었다. "달마조사가 가져온

불교의 심오한 진리가 무엇입니까?" 조주는 "뜰 앞에 잣나무가 있구먼." 하고 말했다. 답답한 행자는 다시 "저는 어떤 특정한 대상을 말하는 것이 아닙니다." 하고 말했다. 조주도 "나도 특정한 대상을 말하는 것이 아닐세." 하고 답했다. 행자는 다시 물었다. "달마조사가 가져온 불교의 심오한 진리가 무엇입니까?" 조주는 다시 "뜰 앞에 잣나무가 있구먼." 하고 말했다.

뜰 앞에 잣나무가 있고 뜰 뒤에는 대나무가 있다. 앞에는 시내가 흐르고 뒤에는 산이 둘러 있다. 밤이 되면 어둠이 오고 새벽이 되면 밝음이 온다. 바람 같고 구름 같은 시간의 흐름을 따라 잎이 떨어지고 눈이 쌓이고 꽃이 피어나고 녹음이 물든다. 그 흐름을 따라 어머니의 시계 소리가 울리고 기억의 갱도를 넘어 우리의 삶이 전개된다. 이 모든 표상이 '어둠의 음향'을 이기는 '우주의 노래'다.

안경원 시인은 감성과 이성을 집중하여 인생과 자연의 영성을 탐구하였다. 쉴 새 없이 바뀌는 생의 변환 속에서 그 속에 오롯이 담겨 있는 빛의 의미를 찾아내고자 했다. 그 결실이 한 권의 시집으로 응축되었다. 그러나 이것이 완결은 아니다. 우리가 어디에 이르러 무엇인가를 얻었다고 생각하는 순간 그것은 다시 알 수 없는 공간으로 아득히 사라지고 만다. 얻은 것을 놓치고 또 다시 그것을 찾는 탐색의 길에 오르는 것이 생이다. 안경원의 시는 우리에게 그것을 가르친다. 우리의 삶이 그러하듯 안경원의 시적 탐구 역시 그렇게 끝없이 이어질 것이다.